나르시스
Narcisse

'살을 뚫고 뼈를 지나
세상 끝에서라도 만나고 싶었던
살뜰한 영혼' 들의 이야기

나르시스
Narcisse

박미용 제4시집

미래시선 144

미래문화사

우리
다 같이 늙어진 어느 훗날에

그대를
나의 누구라고 말할까

나를 누구라고
그대는 말할까

옛날
그 옛날에
사람이 하나 있었더니라

이야기하자면
가슴 먹먹해지는

그냥 사람 하나 있었더니라.

제4시집을 출간하면서

시는 시인의 것도 아니고
시인들의 전유물은 더욱 아니다.
시는 비유나 상징을 벗어버리고
있는 그대로를 묘사하여
대중의 기쁨과 슬픔을 쉽게 드러내고
그들의 삶의 지향점을 함께 찾아나가야 한다.

남은 삶에
더 이상 술수를 쓰지 말 일이다.
그럴 여분의 시간도 없다.
남은 시간에 감사하고 겸손하며
솔직한 생각과 올곧은 행동으로
굴절 없이 보내야 할 것이다.

2008년 가을날
박미용

차례

2 · 사랑한다는 말 대신

4 · 마지막 편지

1

한 잔의 커피를
혼자처럼 천천히 다 마시고
한동안 또 먹먹하게
앉아 있을 수 있는

그런 느린 만남이었으면.

아름다운 날들
Wonderful Days

A cup of coffee with you
I could drink slowly as if alone
And seat myself calmly for a while.

I wish I had such a easy meeting.

아름다운 날들

그리운
서글픈
우리들의 가을

농담 같은 사랑.

시인의 그림 〈아름다운 날들〉

나르시스Narcisse

하루에 차 한 잔은 같이 하자
같이 해요

널 보면
참 반갑고 기쁘고 행복하다
행복해요

깊고 따뜻하고
세상에 다시없는 특별한 우정을
간직하고 싶어

저도 그래요

고맙구나
내 메아리.

어느 훗날에

우리
다 같이 늙어진 어느 훗날에

그대를
나의 누구라고 말할까

나를 누구라고
그대는 말할까

옛날
그 옛날에
사람이 하나 있었더니라

이야기하자면
가슴 먹먹해지는

그냥 사람 하나 있었더니라.

봄 타는 꽃밭에서

나 편하게
네 옆에 잠시만 있다 가면 안 될까
머리 마음 복잡하지 않게

소설이나 영화에 나오는
도깨비감투 같은 거 쓴 인물로
그림자 뒤편에 조용히 있을게

세속의 잣대로 자꾸 재봐야
세상 치수로는 표시도 안 되는데
고개 갸우뚱거리지 말고
그냥 통째로 믿어주면 안 되겠니

이 세상에 한 사람쯤은
맨 마음으로 만나고 싶어

꽃 지면 갈 텐데 그때까지만
처음처럼 웃어주면 안 되겠니

흔들리는 꽃잎처럼
봄 타는 꽃밭에서 편지를 씁니다.

네 생각

콕콕 쑤시는 그 자리
기막히게 짚어내
투박한 손으로 꾹 눌러 붙여주던 파스

선선한 기운이
혈액처럼 퍼져 가면

슬며시 기대고 싶어졌지
모른 척 드러눕고 싶었었어

시간은 떠나고 너는 없어도
가을은 해마다 선선히 오고

머리를 흔들어도 헹궈지지 않아
네 생각

타는 저녁마다
그리운 마음에도 파스 한 장 붙이고

기차를 타고 싶어
너 있는 곳으로.

술래의 노래

이 골목을 돌아서면
잃어버린 널 찾을 수 있을까

목숨처럼
소중한 사랑이 있었던 것도 같은데
발 담가버린 세상엔 추억이 없다

어디로 간 걸까
떠내려간 건 세월뿐이 아니구나

이 골목을 돌아서면
사라져버린 널 찾을 수 있을까

담벼락마다 손 짚으며
몸을 기대 스러지다
스며 벽화가 되어버린 나비

날개 떼고 맨발로 걸어 나와
지구 한 바퀴를 다 돌아도
밟히는 건 제 그림자

해진 그림자 다시 기워 입고

찾을 거라고 찾을 거라고

이 골목을 돌아서면
숨어버린 널 찾을 수 있을까

평생 눈감은 술래라도 좋다
한 번만 볼 수 있다면.

그렇게

Ⅰ

마주 앉아
아니 눈동자 마주치지 않게
쑥스럽지 않게
나란히 앉아

아무 말 없이
선문답禪問答도 없이
서로 다른 생각을 해도 섭섭하지 않게
그렇게.

Ⅱ

그렇게
그 호숫가에 해질 무렵
그 물속에 잠긴
산 그림자처럼 편안하게

한 잔의 커피를
혼자처럼 천천히 다 마시고
한동안 또 먹먹하게

앉아 있을 수 있는

그런 느린 만남이었으면.

소리 나는 사랑

다하지 못한 사랑이
후회스러워

너에게
너에게
그리고도 또 너에게

봇물 같은 그리움
꼭꼭 가둬두기만 한 것이
오늘은 아프게 후회스러워

말할 걸 떼쓸 걸
아이처럼 울 걸

가기 전에
돌아서기 전에

한 호흡의 시간만 주어진다면
너 때문에 요란했던 내 가슴

요령처럼 소리 내고 싶어
이제라도 무릎 꿇고 통곡하고 싶어

소리 나는 사랑
소리 나는 사랑할 걸.

가을 편지

이렇게 햇살이 맑은 날은
은행잎 떨어지는 교정에 앉아

온종일 기다리고 싶은
아름다운 사람이 있습니다

짝사랑도 그저 기쁨인
고마운 사람이 있습니다

목숨이 행복한
행복한 삶을 꿈꾸게 하는

그저 생각만으로도 가슴 벅찬
우연히 마주치고 싶은 사람

그런 사람
하나 있습니다

당신에게도
내가 그런 사람이면
얼마나 좋을까 하는.

반달 마중

금빛으로 물든 마음
어쩌면 좋아

혼자 저지른 부끄러운 사랑

혹시나 내 반쪽이 아닐까
날마다 나서는 반달 마중

돌아올 때마다
소금 같은 파도가 가슴을 쓸고 가요.

마음대로

눈감고 달렸다
미련해서 죽든 말든
끝까지 가보고 싶었다

쓸쓸한 자
더욱 쓸쓸하게
버려뒀다
팽개치고 떠났다

죽는 순간
힘없이 손이 아래로 떨어질 때
그 때조차 울지 않을 것
울지 마라

강물이 흘러가듯
한쪽으로 흐르는 날
막을 수도
잡을 수도 없었으니

마음대로
마음대로

너도
하느님도
당신들 마음대로 벌 하시게.

진달래꽃

참다 죽으면
끝

살아 한 번 더
눈 맞추고 싶어

평생
사랑을 연모한 나머지

온 산을 태우고도
마그마로 넘친

파란만장한
피의 조류

꽃이 아니면
아무 것도 아닐래요.

귀뚜라미

모든 슬픈 일에는
애도기간이란 게 있지

이걸 지키지 않고
슬픔을 억지로 삼키면 목에 걸려서
언젠가는 또 이 물귀신 같은 놈에게 잡히게 되어 있어

슬픈 일은 슬퍼해야지
목 놓아 지치도록 통곡해야지

귀뚤귀뚤 귀뚜라미
귀뚤귀뚤 귀뚜르르

가을을 보내려면
가을 내내 울어야지

소리가 마르기 전 상복을 벗게 되면
해마다 울게 되지 귀뚤귀뚤 귀뚜라미.

또 하나의 사랑

편하게 살아요
신세 볶지 말고

영혼
그런 거 생각 마요
예술
그런 거 사치예요

사는 것만도
당신 큰일 한 거예요
나를 위해
그냥 살아만 줘요
옆에 있어 눈 맞춰만 주세요

오래오래 함께함이
소원인 거
모르는 척하지 마요

사랑합니다
같이 늙고 싶어요.

2

한 그루 올리브 나무를 심으려 합니다

오랜 세월이 지나 당신이 그 나무 아래 서면
그렇게 섭섭하게만 느껴졌던 내가
어느 날 문득 무지개처럼 떠오르고

이해와 연민
그리고 혹시는 그리워질지도 모른다고.

사랑한다는 말 대신

Instead of the phrase "I Love You"

I am going to plant one olive tree.

After many long years if you stand under the tree
You will feel so sorry about me.
You mind set back, unexpectedly
like a rainbowcolored dream

Comprehension and compassion
Possibly you might miss me.

사랑한다는 말 대신

시를 씁니다
꽃을 줍니다

사랑한다는 말 대신.

시인의 그림 〈사랑한다는 말 대신〉

국화가 좋아서

꽃집에 갑니다

장대비 오는 날에도
눈보라 치는 날에도

계절 없이 하냥 국화를 삽니다
나는 철없이 국화를 좋아합니다

나는 당신에게 국화를 주고 싶습니다.

사실 나는

겨울바람 속에서
마른 풀잎처럼 서 있다

내 그림자를 쳐다보면
인생의 종점처럼 쓸쓸하다.

내 등에게

등아
등판아

내 삶의 축아

뒤에 있어도
항상 나를 세우는
지구의 중심아

너무나 외로울 땐
너도 가만히 앞으로 기대라

네 무게
네 삶의 무게

함께
짐 지고 싶어.

먼 곳에의 그리움

그대 가을은
수직으로 낙하하는 월광

저 푸른빛의 서러움 좀 보아
우리가 어둠 속에 묻어놓고 온
실낙원失樂園의 그 새벽이
달빛으로 쏟아지고 있어

어디쯤 아침이 온 거야

비상飛上의 조건은
어둠과 방황의 긴 시간
생각으로 여윈 그대 눈썹이
청동빛 날개로 돋을 거야

눈부신 깃털을 준비하느라
늘 겨드랑이가 아팠던 거지

일어나
다시 깃발을 찾아야지.

잘 잤니

아침마다
매일 똑 같이 묻는다는 핀잔을 들어도
오늘 또 궁금하구나
잘 잤는지
편안한지

자꾸 그러면 의례적 인사말이 된다며
너는 투덜거리지만
얼굴만 보면 저절로 튀어나오는 걸
잘 잤니
아무 걱정 없이 푹 잤니

엄마는
평생 나보고 밥 먹었니
밥 많이 먹어라 하셨지
엄마는 밥밖에 할 말이 없냐고 툴툴거렸는데
그 맘이
이제야 눈물처럼 따뜻하게 이해되는구나

잘 잤니
내일도 모래도
그렇게 죽 편안한 밤을 보내라

끝까지는
내가 지킬 수 없는 시간이므로
내내 잘 자라
잘 잤으면.

물 흘러가는 대로

물 흘러가는 대로
마음 흘러가는 대로 그냥 둘 걸

바위로 막아도
물은 다른 길로 돌아서 기어코 갈 테고
눈물로 막아도
마음은 한쪽으로만 넘쳐나는데

물 흘러가는 대로
마음 흘러가는 대로 그냥 둘 걸

꽃 지고서야
잎 지고서야
그제사 알게 되었습니다

풀려고 할수록 오해는 옥죄어 오고
이해한다는 것은 세상에 없는 단어

어리석은 나
사람이 할 수 있는 일만 하지
세상에 없는 만남을 꿈꾸었을.

없는 거야

마음은
저울에 달면
달리지도 않아
눈금이 표시되지도 않아

그런 걸 붙잡고
평생을 실갱이질 하지마

어디 마음이 있다고
어떻게 마음을 붙든다고

하느님의 광야도 아닌
제가 만든 광야에서

쓰라리게 울지 마
미쳐.

산다는 것은

별거이면서 별거 아닙니다
산다는 것은
깊은 의미를 가진 것이며 아무 의미도 없습니다

죽어
세월이 흐르면
모두 흩어지고 모지라집니다

그래도 우기면서 삽니다
별거라고 생각합니다
이상이 없는 현실은 너무 고달프니까요
보이는 것이 전부라면 너무 허무하니까요

보이지 않는 찬란한 것
존재하지 않아도 믿게 하고 싶습니다
별거 아닌 인생에서
당신만은 특별한 삶을 꿈꾸게 하고 싶습니다

이것이 나의 오만과 편견
평생 버리지 못하는
허영과 사치입니다

산다는 것은
별거 아닌
참 비밀스런 작업입니다.

버려요

말은 오해의 불씨이니
죽이세요

죽여 버리고
당신 혼자 살아요

말을 잃고
혼자 살아가노라면
가까워지는 건 자연

땅에 대고 임금님 귀는 당나귀 귀
하고 싶은 말
친구처럼 편안히 할 수 있으면

가만히 그의 품속에 안기세요

서러울 것도
한스러울 것도
원망할 아무런 것도 남기지 말고
그냥 가요

말을 한다고 줄어드는 것도

올곧게 밝혀지는 것도 아닌 걸

비워요
버려요.

아무도 모르게

그냥 좋아하는 하얀 마음에
아무 색칠도 하지 말아줘

아무 일도 아니야
잠시 스쳐가는 중일 뿐

모르게
아무도 모르게

먼 훗날
우리는 그리워하게 될 거야

커피를 마시다가
샛강 하나 보게 되면

물 적신 별로 뜨겠지
오래도록 못 잊을 사랑.

눈 먼 사랑

이제 더 미루지 말고
나를 돌보는 건 어때

너무나 약해진 나
더 두면 말라죽을 텐데

뿌리 썩도록 흠뻑 적실 만큼
따뜻하고 살뜰하게

뇌물같이 내 주머니에 푹 찔러주면 좋겠네
눈 먼 사랑.

시끄러운 내 마음

빨리 세월이 지났으면
빨리 세월이 지나갔으면
빨리 세월이 지나가버렸으면

빨리
제발
이틀이 하루씩
두 달이 한 달처럼 휙휙 지나가

하얗게
하얗게
시끄러운 내 마음
빨리 할머니가 되었으면.

이카루스Icarus[1]

사람은 하늘까지 비상할 수도 있으나
바다 속까지 추락할 수도 있음을 알게 되었습니다

몸을 들볶고 마음 바닥까지 써서 열심히 살았으나
허황된 이상과 오만 그리고 팜므파탈적 사고 때문에
스스로 괴로운 날들이 강물처럼 이어졌습니다

끝없는 존경과 애타는 사랑은
뜨거운 열기로 외려 모든 것을 손상시키고
시간의 탑마저 오해의 빗장으로 굳게 채워졌습니다

그러나 나는
한 그루 올리브 나무를 심으려 합니다

오랜 세월 지나 당신이 그 나무 아래 서면
그렇게 섭섭하게만 느껴졌던 내가
어느 날 문득 무지개처럼 떠오르고

이해와 연민
그리고 혹시나 그리워질 지도 모른다고.

---

1) 태양계 내에서 혜성을 제외하고는 지금까지 알려진 천체 가운데 궤도의
이심률이 가장 크고, 태양에 가장 가까이 접근하는 소행성의 이름.

슬픈 일

그대에게만
왜 그토록 화를 냈을까

누군가 마음에 들어오면
그렇게 되는 건 아닐까

거꾸로밖에 표현을 못하니
만물의 영장이 무슨 소용

슬픈 일이다
사랑한다는 일.

3

내가 지나온 모든 길은
너에게로 향한 길이었으나
만남은 순간이어라
사랑은 덧없어라
눈길 줄 새도 없이
바람은 머리채를 잡았어라.

어 느 날 한 저 녁
One Evening

Toward you
All the paths I have passed through.
But our meeting time was a moment,
Love short-lived.
Without an interval to cast a single thread of vision
Wind seized me by the hair.

어느 날 한 저녁

오늘처럼 비라도 내리는 날에는
그대가 나를 찾아와주지는 않을까
하는 생각으로
한저녁 내내 베란다 밖을 서성인 적도 있었습니다.

시인의 그림 〈어느 날 한 저녁〉

마음은

마음은
내 것인데도
마음끼리 이리 시끄럽게 부딪치니

마음도
본래는 내 것은 아닌 모양

그러고 보면
네 맘도 내 맘이거니
이해한다고 여겼던 것이
얼마큼 큰 오해였던가

세상에 내 것이 어디 있다고
감히 네 맘까지 탐을 내고

턱도 없는
오만방자

하느님도 아닌 것이
제 맘대로 꿈꾼 죄

천형天刑이구나
마음 갖고 사는 일.

꽃이 져요

내가 아플 때
너는 내 옆에만 있었으면
찡그린 내 눈썹을 펴주고
부은 내 손등을 만져주고
가슴 바짝 이불을 끌어 덮어주는
온전히 내 걱정뿐인

내가 지나온 모든 길은
너에게로 향한 길이었으나
만남은 순간이어라
사랑은 덧없어라
눈길 줄 새도 없이
바람은 내 머리채를 잡았어라.

속말

일곱 살이 되면
속말을 갖게 된다지

속말을 쌓으면서
우리는 알게 되지
조금씩 편하게 사는 법

속말을 삼키고
길이 아닌 것도 길이라고
없는 길도 있다고 겉말을 하고

생각 없는 말들이
바람과 만나
수숫대로 서걱대며 웅얼거림

아무리 귀를 쫑긋 세워도
알아들을 수 없는

아다다 아다다
아, 아다다여.

나뭇잎은 떨어지고

가을이
어떻게 한 거지
무슨 말을 한 게야

그 푸르던 서슬이
저리도 누렇게 들뜬 거야

서늘한 바람도
상기된 얼굴 식히지 못해
마음까지 바삭 태우고

끝내 절명絶命
차가운 시신으로 포도鋪道에 누웠네

이렇게 편한 걸
뭘 바랐던 거야

너에게 매달려서
대롱대롱 목숨 걸고

손 놓자 쏟아지는
분분한 진눈깨비

한눈파는 거리에
눈썹 같은 진눈깨비

나뭇잎은 떨어지고
떨어져서 흙이 되고.

낙엽을 밟으며

태어나지 말라
죽기가 괴롭노니

죽지를 말라
태어나기 괴롭노니

입산도 수도도
견성도 득도도

가도 가도 끝이 없는
허무의 첩첩산중

바람 끊긴 골짜기
살 내린 나뭇가지

나뭇잎은 떨어져
길을 묻어 버리니

어디로 가야하나
낙엽을 밟으며.

내 호수와 그 여자의 눈

창은 보고 있었다.
그 여자가 산을 넘고 있었다

한 순간도 절정의 순간이 아니면
사는 것이 아닌 것

생명을 불꽃처럼 살자고
세상을 떠나가고 있다

창이 눈을 감았다
여자가 사라졌다

후두둑
비 떨어지는 소리

내 가슴 어디쯤 호수 하나 패이고 있다
호수 속에 그 여자의 눈이 있다

눈이 호수 속에 있다
호수 속에 눈은 살아 있다.

겨울 나무

묻지 마세요
답을 몰라요
세상 일이 한다고 다 되는 것도 아니고
하지 않고자 해도 그렇게 되는 것도 있어요

원형이정元亨利貞
해와 달이 뜨고 지는 질서
꽃잎이 피고 지는 이치
바람이 불고
구름이 비를 가져오는 섭리

봄 여름 가을 겨울
그리고 마침내 거두어 쉬게 하시는 것까지
원형이정元亨利貞

하늘에 닿으려고
자꾸 키를 키우고
세상 끝이 궁금해서
사방으로 허우적거렸어요

잘못을 많이 했어요
그냥 있어야 했어요

쉬고 싶어요
다 버리고 눈 감고 살래요

이제사 맡기네요
알량한 내 알맹이.

이 여자

눈 꼬리랑
입 꼬리가
귀를 따라 올라가는

웃는 모습이
하회탈 같은 여자

하얀 이가 다 드러나서
속맘까지 다 보이는

웃어도
눈물나는 이 여자

갈대처럼
나를 흔드는.

그리고 너는

유난히 검은 머리
깊고도 검은 눈동자

반짝이는 총기
순결한 마음이

파랑새 노래되어
파문을 일으키는

오오
이 세상 저 편에
홀로 사는 왕비님

그리고 너는
나의 자화상.

친구를 말하자면

그래
너와 라운딩에 나서면
러프에서의 샷도
마냥 즐겁지

내리막 그린에서
한없이 굴러가는 볼처럼
멈추지 않는

갈바람에
데굴데굴 굴러가는 가랑잎처럼
멈출 수 없는

까르르
르르르
넘어가는 웃음소리

친구를 말하자면
맘 착한 마술사
사람을 착하게 만드는.

착한 여자

평범한 이름을 가진
평범뿐인 여자

병약한 사람
사계절 훌쩍거리면
지그시 차 한 잔을 권하는

하릴없이 마음 다쳐 눈물 떨구는 날엔
차가 뜨거우니 조심하라고
종이컵 두 개를 포개어 내미는

키 작은 그녀 작은 손
손가락이 참 곱구나

눈물도 햇살 같은
플레어스커트가 잘 어울리는
천상 여자

착한 여자가
우리를 기쁘게 살게 한다.

함께 사는 두 나무 이야기

반기생半寄生이라고
왕버드나무에
당당하게 얹혀사는 겨우살이

마주한 부분은 성글고
바깥쪽으로만 가지를 넓힌
너무 가까워 혼인목婚姻木

한 나무에 한 나무를 더해도
하나뿐인 나무
한 몸 살림살이 연리목連理木

감아쥔 채
한번 안으면 절대 놓지 않는
죽거나 말거나 다래 덩굴

우리 둘은 서로 달라요
크기도 모양도 나이테도 같지 않아요
그만 헤어져요

그래도 좋아요

스스로의 최면에서 벗어나자구요
결국 서로를 압박하다
둘 다 죽게 될 지도 몰라요

그래도 좋다면요

함께 사는 두 나무 이야기
사는 내내 끝내지 못하는.

이렇게 살아요

먼저 주어요
말 말고 행동으로요
마음과 발길과 물질을 나누어요

속셈이 있을 거라고
혹시는 의심을 받아도
그래도 자꾸 더 주어요

하늘에서 비가 내리듯
땅에서 곡식이 자라듯
그것이 순리대로 사는 법

처음 사는 이 세상
예쁘게 살자구요
같이 따뜻하게 함께 행복하게

먼저 주어요
망설이지 말고
마음과 발길과 물질을 나누어요.

잊혀진 하나의 의미를 찾기 위해
- 임마누엘 칸트Immanuel Kant의 정원을 거닐다.

나는 무엇을 알 수 있나 Was kann ich wissen?
나는 무엇을 해야 하나 Was soll ich tun?
나는 무엇을 바래도 되나 Was darf ich hoffen?

인식론적認識論的
윤리학적倫理學的
종교 철학적宗敎 哲學的 물음은

결국
인간이란 어떤 존재인가 Was ist der Mensch?
인간학적人間學的 물음에 귀착된다.

인간을 인격체로 만드는 내면의 법칙은
별 총총한 하늘과 약동하는 자유

감성感性 없이는 대상이 주어지지 않고
오성悟性 없이는 대상이 사유되지 않는다
내용 없는 사유思惟는 공허하고
개념 없는 직관直觀은 맹목적일 뿐

오성은 직관할 수 없고
감성은 사유할 수 없어

대상의 개념을 감성화하는 일과
(개념에 직관되는 대상을 부여하는 일과)
대상의 직관을 오성화하는 일은
(직관 내용을 개념 안에 포섭하는 일은)

결코 서로 교환할 수 없으니

서로 꼭꼭 결합함으로써만
인식認識을 산출할 수 있으니

꽃이 될 수 없는 나는
시방 위험한 짐승

잊혀진
하나의 의미를 찾기 위해
이율배반二律背反
모순矛盾과 파라독스paradox 가득 찬
칸트의 정원을 거닌다

별 총총 하늘 아래
막막하게 행복한 시간.

살을 뚫고 뼈를 지나
세상 끝에서라도 만나고 싶었던 살뜰한 영혼

그대 곁을 떠나야만
간직하게 된다니

기막혀라
하느님은 어디 계신 건지.

마지막 편지
The Last Letter

Piercing flesh and passing through bone,
A prudent soul I hoped to meet
Even at the end of the world.

Only when I leave you
I can cherish you.

I was stunned to have that.
Oh! God, where are you!

마지막 편지

너를
내 마음 가까이에 두고 싶었다.

시인의 그림 〈마지막 편지〉

사랑한다는 건

함께 할 수 있는 시간만큼만
더 욕심내지 않고 딱 그만큼만
소중한 인연으로 가꾸겠습니다

멀리 가버리지 않고
버리지 않고
그 자리에 그냥 있어줘서
참 고맙습니다

내 무거운 침묵의 입 언저리에
가냘픈 미소 설핏 스치게 만든 당신을

사랑할 것인지
그 고단한 여정을 다시 시작할 것인지
대단한 고민을 하였습니다만

벌써
가고 있었습니다

용서해 주세요
길이 끝나면
이 길 끝에 묻히겠습니다.

남은 시간의 사랑법

죽을 만큼 몸이 아파도
참아내고 살고 싶게 만드는 한 사람이 있다면
괜찮다

생후 단 한 번도 그런 사람 없어
고독이 병균처럼 번식한 가슴 속에
슬픔과 회한만이 가득하다면

얼마 남지 않은 시간의 사랑법은
기다리지 말고
먼저 그가 되는 것

동굴 같은 고독을 털어내고
그가 얼굴을 파묻고 쉴 수 있는
따뜻한 가슴이 되는 것

내가 먼저 그의 눈 속 슬픔을
애타도록 사랑하는 것이다.

아무라도

안아 주세요
무서워요
날마다 혼자 먼저 떠나는 꿈
놀라 벌떡이는 심장을
두 손으로 꾹꾹 눌러주세요

산모퉁이 돌아
휘적휘적 강을 건너 밤새 걸으면
손발이 차가워져요
창백하게 식어가는 마음을
따뜻한 눈물로 적셔주세요

가위 눌리는 밤
누구라도 옆에 있어
잠 깨워주세요

대롱대롱
쿠메의 무녀[2] 처럼
너무나 작아진 나

---

2) 그리스 신화의 예언가. 그녀는 아이네스를 지옥에서 빠져 나오게 해 준
대가로 아폴로에게 불사不死의 특권을 얻었지만 어리석게도 영원한 젊음을
요구하는 것을 깜빡 잊어 버렸다. 그 결과 그녀는 늙어서 몸이 오그라들어
작은 항아리 속에 넣어져 세인世人의 웃음거리가 되었다.

가는 길 혼자가 아니게 토닥여 주세요.

미안해요

나 죽으면
장례식장에 올 거지

와서
신나게 울어 줄 거지

그리고
어디에 딴 살림 차리는지
무덤까지는 와 줄 거지

해 지나도
하늘 보다가
가끔은 생각해 줄 거지

은행잎 떨어지는 벤치에 앉으면
오래 전에 써준 시 한 구절
엷어진 기억으로 외워 줄 거지

당신에게도
내가 그런 사람이면
얼마나 좋을까

미안해
미안해요.

떠나며 간직하며

일하고 싶은 만큼 일했고
마음 쓸 만큼 마음 썼으니

한 올도 남김없이 태운 시간
후회 없으나

살을 뚫고 뼈를 지나
세상 끝에서라도 만나고 싶었던 살뜰한 영혼

그대 곁을 떠나야만
간직하게 된다니

기막혀라
하느님은 어디 계신 건지.

가볍게

면역성이 다 없어졌대요
처음 태어난 아기 같대요
감기로도 죽을 수도 있다네요
약을 먹을 수도 없고
음식도 무엇이 독이 될지 모른대요

조심
또 조심하라네요

차라리 이참에 마음도
면역성이 없어졌으면 좋겠어요
너무 두꺼워졌어요
얇은 내 맘만 갖고
남은 시간 처음처럼 살고 싶네요

하라는 대로 할게요
먹는 것도 사는 것도 순하게 조심조심

몸도 마음도 여위고 여위어서
새털처럼 가볍게 날아가고파.

나 돌아간 다음

나 돌아간 다음
너만 혼자
덩그마니 이 세상에 남으면

어느 하루는
온전히 나 하나 때문에
가만히 눈썹 젖을 날도 있으리니

어제 차마 다하지 못한 마음
하얀 벚꽃처럼
한꺼번에 쏟아져 내리거든

푸르른 봉분에 이마를 대고
한밤만
풀벌레처럼 가득 울어다오

사랑은 촉수3) 促壽
죽음에 이르는 병

다음 세상에선

---

3) 죽기를 재촉하다시피 하여 수명이 짧아짐.

우리 옷깃도 스치지 말고
눈길 따윈 아예 주지도 말고

강물로나 흘러가자
무심하게 무심하게.

남은 가을 사랑하기

살아 숨 쉬는 오늘
햇빛은 투명하게 웃고 있었지만
쌀쌀한 눈 꼬리에는
빛나는 비수匕首가 보여

이때쯤 어른들은
삭신이 아프다고 했다

오오, 나도 훌륭한 어른이 된 셈
기침을 할 때마다 가슴이 쓰리고
용수철이 튀어나온 목 부러진 인형처럼
머리가 통째로 덜렁 덜렁

통증 때문에 눈울 뜰 수 없지만
하하, 행복하여라
이것이 살아있다는 격렬한 증거

죽었으면 꿈도 못 꿀 횡재
쓸쓸해서 미치도록 아름다운

남은 가을 사랑하기
사랑하기 남은 가을.

신경쇠약

정신분열증

머리 속은 구름이고
마음은 몸 밖에서 떠돌고
내가 너랑 얘기하는 걸
문밖에 내가 또 지켜보고

나는 둘이고
나는 셋이고
나는 셀 수 없이 자꾸 쪼개져서 늘어나고
어떤 게 진짜 나인지

모두 다 너무 애틋하게
나를 오래 키웠나
이제는 드세져서 나를 이기고
제각기 제 목소리만 커져서

내가 무서운 나

나를 찾을 수 없게
숨고 싶어라.

완전한 사람

나 통째로 세탁기에 집어넣어 한 삼십 분쯤 불린 다음 세
제를 듬뿍 뿌려 머리채 휘휘 감기고 표백제로 마음까지
하얗게 물들이고 감정 한 올 찌꺼기까지 모두 탈수해 버
리고 햇빛에 말려서 온종일 비틀어지도록 빼빼 말려서 이
제 사랑조차 하나 없는 완전한 사람이 되어

끝까지 살아남는 자만이 정당하다는 말을 주문처럼 외우
며 먼저 나를 지치게 만들고 죽지 못할 만큼 지치게 만들
고 지쳐서 머리속이 하얘져서 아무 얼굴도 생각나지 않게
만들어 멍한 눈으로 허공을 바라보는 완전한 사람이 되어

앞으로만 걸어가는
모든 걸 잃어 완전한 사람이 되어.

폭포

죽었으니 이제
십자로 죽 그어 활짝 열어보세요
시퍼렇게 멍든 가슴 아래로
말라붙은 장기臟器가 있을 겁니다

살아
간절하게 바라볼 때
눈 한 번 맞춰주지
손 한 번 잡아주지

더 이상은 아닙니다
약수弱水를 건너
다시 돌아올 수 없는
별도 없는 밤길을 갑니다

거꾸로 뒤집어 가도
찬란한 추락이란 없는 것을

아름다운 것 추구하고
추한 것 꺼릴 줄 아는 이성과
제어가 안 되는 사랑 앞에서
자멸할 수밖에 없었습니다.

그래도 기억해 주세요

유럽 여행 중에
프랑스 파리의 한 여관에서
또다시 온몸이 풍선처럼 부풀어 올라
눈도 못 뜨고 이틀 내내 누워 있었다
치료 방법도 약물도 없는 불치의 병
여기 이곳에서 이렇게 죽으면

누가 얼마큼의 부의금을 들고 이곳까지 조문을 올까
너는 나를 위해 얼마큼의 눈물을 흘릴까

나는 어차피 당신보다 먼저
조금 먼저 갈 텐데
정해진 약속대로 가는 것뿐이니
너무 슬퍼하지는 말라고 하면서

그래도 너무 빨리는 잊지 말라고
죽으면서도 버리지 못하는 이 허망한 욕심

평생 괴롭힘을 당하고도
마지막까지 또 그놈의 포로가 되어
나는 꼼짝도 못하고 누워 있었다.

미이라의 비밀

써버린 시간은 너무나 귀했었구나
지나간 나이는 눈부시게 아름다웠었구나

아, 비로소 알게 되다니
지금에라도 다른 이들에게 빨리 알려주고 싶으나

사람들은 보이지 않고
혀는 굳어져 말을 할 수가 없도다.

달

왜 눈을 못 감니
잠 못 드는 맹꽁아.

어느 별에서 왔기에

보고 싶어요
그럼 봐야지

노래 불러 줘요 노래 듣고 싶어
너를 위해서라면 뭐라도 할 수 있어

내 늑골 하나가 그대인가
그대 늑골 하나가 나인가
맞추지 않아도 같은 음을 내니

그대
나같이 슬픈 세포구나

못난 것들이
못나게 부르는 가을 노래

우리가 어느 별에서 왔기에
이토록 애타게 그리워하는가.

사랑 이후

한 해만에 날아온 하아얀 편지봉투
네 손인 양 잡아서 뺨에 대보면
봉투까지 물들이는 복사꽃 부끄럼
삼삼하게 아롱대는 그리움일래

그날처럼 내리는 풋풋한 봄비
가슴 촉촉이 적시어 와서
창문을 반쯤 열고 마당을 보니
꽃밭의 옥잠화는 새순이 뾰족

맑은 물 강줄기 피라미떼랑
나루터 늙은 사공 여전하겠지
한 해 만에 날아온 하아얀 편지봉투
새초롬 피어나는 목련꽃일래.

- 박미용 제 1시집 <강이 있는 수채화> 중에서, 1993

애인

그대
생각하여 주어요
늘 그래 주어요

만나지 못함보다
안타까운 건

까마득히
아주 잊혀지는 일

세월이 지나면
희미해진다지만

맑은 날은 맑다하여
흐린 날은 흐리다하여

생각하여 주어요
잊지 말아요

그 강물과
강물 같은 그 여자

꽃 피는 아침
잎 지는 저녁

아름다움으로
쓸쓸함으로

그리 그리
날마다 기억해 주어요

그대
마주 선 거울처럼
맑게 닦아 주어요.

       – 박미용 제2시집 〈애인〉 중에서, 1995

눈물겹게 살자

봄바람 재우려고
눈바람 부는구나
피는 목련꽃 봉우리에
문득 쏟아지는 춘설春雪

병病으로 병病으로
병병病病으로
살을 도려내고 약을 주사하고
그토록 몸을 볶아치고도
또 찾아온 병病 임파부종淋巴浮腫
뚱뚱 부어 터질 것 같은 팔덩어리를
확 잘라버리고 말까
고단한 육신 훨훨 벗고
그리운 너 찾아 날아갈까

내 몸 구석구석에서
나를 떠나자고 두런거리는 소리
그 은밀한 속삭임 빛나는 유혹을
싹조차 틔우지 말라고
춘설春雪은 꽃잎에 내리나

아직도 총명한 나를 꿈꾸는

착한 사람들의 가슴 아픈 사랑
그네들의 기대를 어깨에 걸고
하늘을 우러러 하루를 걷는다
눈 속을 걷는다

꽃을 피울 수 없어도
받은 날을 누리리라.

            – 박미용 제3시집 <인연> 중에서, 2002

작품해설

내 마음의 강

윤월로

내 마음의 강

윤월로 ‖ 시인 · 수필가

"강경이 왜 강경인 줄 알아?"

어린 시절의 대부분을 충남 강경에서 보낸 내게 남편이 물었다. 성인이 다 된 후에 우연히 만나 한 지붕 아래서 살고 있지만 남편 역시 잠시 학창시절을 보낸 곳이기에 강경은 이따금씩 우리의 공통 화재話材로 등장하곤 한다.

"글쎄요, 1930년대 즈음에는 금강 하구의 관문으로 우리나라 3대 시장의 하나로 유명했으며, 큰 내 강江자에 볕 경景자이니 강의 풍경이 아름답다는 의미일 것이고…… 금강물이 흘러나가는 길목이어서 붙여진 이름 아닐까요?"

그러면 강물 지나는 곳은 다 강경이어야 하는 거 아니냐고 싱겁게 웃던 그는 실제로 강의 풍경이 아름다워 붙여진 지명地名이 확실하다는 거였다.

고등학교 시절 그는 조그만 거룻배 한 척을 빌려 몇몇의 친구들과 함께 강경에서 부여 쪽으로 놀러 가는 객적은 일을 벌인 적이 있었는데 강물 따라 펼쳐지는 풍경이 말할 수 없는 절경이었다고 했다. 그 때 비로소 '강경'이 왜 강경이라고 이름 지어졌는지도 저절로 알게 되었다는 것이다.

진달래 만발한 봄 산발치에 핀 진달래꽃을 따먹으려고 강물로부터 뛰어오르는 물고기들의 높이뛰기는 정말 환상적이었다고 회상했다. 미디어 덕분에 많은 사람들이 강경 하면 으레 새우젓을 비롯한 젓갈시장을 연상하지만, 강경을 제대로 아는 사람이라면 그것 말고도 실은 진달래 따먹고 자란 5월의 우어며 황복이 제 맛인 것을 아는 사람들은 다 안다.

김대건 신부의 일화가 남아 있는 낭청 나바위에서 봉오재(옥녀봉의 다른 이름)쪽을 바라보면 부여 백마강으로부터 흘러들어오는 강의 빼어난 풍광風光을 알고는 있지만 예나 지금이나 모험심이 부족한 겁쟁이인 난 배를 빌려 타고 부여 쪽으로 가보는 일은 엄두도 못낸 채 갈대숲 우거진 그 긴 둑길은 많이도 걸었었다.

고민 많던 사춘기 시절 둔중하게 흐르는 강물을 바라보며 강물처럼 흐르는 세월을 생각했고, 세월 따라 흘러갈 내 인생의 향방을 그려보기도 했다. 강은 그렇게 내 옆에서 말 없어도 듬직한 친구이더니 내가 강경을 떠나 그곳에서 산 세월보다 훨씬 긴 시간들을 다른 곳에서 살고 있지만 그 때의 그 강물은 늘 마음속에서 흐르고 있다.

그런데 나는 살면서 '강경의 강물' 같은 또 하나의 '아름다운 강' 을 만나게 되었다.

지금은 시절도 가을이고, 내 인생도 가을이다.

가을은 모든 곡식을 추수하는 일 말고도 사람마다 지나간 한 해를 되짚어보는 시간이 많아지는 계절이다. 생의 연

표年表에 굵직하게 표시를 해놓을 수 있을 만큼 큰일도 있겠지만 사람과의 관계는 어떠했는지도 되돌아보게 된다.

지금은 핸드폰에 그 사람의 전화번호가 저장되어 있다해도 새해에는 지워질 이름도 있을 것이다. 해가 바뀔 때마다 수첩에 옮겨 적던 이름들이 요즘엔 핸드폰 전화번호부에 저장되어 내가 일부러 지우지 않는 한 그대로 보존된다. 그러나 가끔은 내 전화번호부에 누가 들어 있나 짚어보면서 머릿속에서는 물론 전화번호부에서 사라지는이름도 있기 때문이다.

친구 따라 선뜻 강남 가는 길을 나서는 청소년이거나많은 거래처를 가진 사업가가 아니라고 해도 모든 사람들의 전화번호부에서는 이름들이 들어가기도 하고 내쫓기기도 한다. 그러나 오랜 세월동안 전화번호부에 좌정坐定하고 있는 사람들도 많다. 내 핸드폰에는 가족들을 비롯해서 부모님과 형제자매들, 3·40년 전에 입력한 초등학교 시절의 죽마고우도 아직 새파랗게 남아있고, 20년이훌쩍 넘은 문학 친구들도 있다.

010-3212-3304, 이 번호는 같은 이름으로 벌써 세번씩이나 바뀐 전화번호이며 나보다 10여년 뒤의 세월을 살아오고 있는 사람, 시인 박미용이다. 내 막내 동생보다도 몇 년 늦게 태어난 그녀지만 가끔 그녀는 내 언니 같기도 한 사람이다. 그도 그럴 것이 나는 7남매 중 5형제의막내며느리로 시집가서 이모저모로 시댁 형님들의 도움을 많이 받으며 사는 위치이지만, 그녀는 효성스런 맏며느리로서, 속 깊은 맏형님으로서의 역할을 훌륭히 해내면서도 현모양처로서 그 마음 씀씀이가 너무나 살뜰하기 때

문이다.

　그녀는 몇 년 전 뜻하지 않는 큰 수술을 했고, 또 그에 따른 후유증으로 지금까지 고생을 하고 있어, 그녀를 아끼는 주변 사람들의 마음을 많이도 아프게 했다. 그러나 그 와중에도 교사로서 업무에 너무나 바르고 성실한 그녀, 학생들에 대한 진정한 스승의 길을 걷는 그녀, 그러면서도 또 한편 선지자적 자세로 시인의 길을 꿋꿋하게 걷는 그녀를 바라보고 있으면, 헤아리기도 어려울 만큼 긴 세월을 먼 길 출퇴근만으로도 고달플 그녀의 인내심의 한계는 도대체 어디까지인지가 궁금하다.

　그러나 이렇게 혹독한 삶 속에서 여문 그녀의 마음의 무게를 나는 사랑한다. 베일 것만 같은 섬세한 정서, 미련할 만큼 올곧은 성정, 너무 이상적이어서 허황된 그녀의 철학, 자주 만나지 않아도 또는 모임자리에서도 별로 살가운 얘기 나누지 않더라도 보이지 않는 그녀의 무게는 내 세월을 앞지르는 느낌이다.

　박미용, 문학의 동인이자 강산이 두 번 반씩이나 변하는 동안 한결 같은 사랑을 나누는 진득한 나의 도반道伴, 가을강은 내게 또 하나의 '강경의 강'을 의미한다.

　그녀의 시집《강이 있는 수채화》1993
　두 번째 시집《애인》1995
　그리고 세 번째 시집《인연》2002
　이 세 시집에는 모두 간절한 '사람사랑'이 들어 있다. 숨 가쁠 만큼 치열하게 시간을 쪼개 살고 있는 그녀의 삶에서 생성되는 뜨거운 사랑은 사람들의 가슴 속에 눈물이

기도 하고 기쁨이기도 하거니와 혹은 그 사랑 채곡채곡
시가 되기도 한다.

이렇게 햇살이 맑은 날은 / 은행잎 떨어지는 교정에 앉아 //

온종일 기다리고 싶은 / 아름다운 사람이 있습니다 //

짝사랑도 그저 기쁨인 / 고마운 사람이 있습니다 //

목숨이 행복한 / 행복한 삶을 꿈꾸게 하는 //

그저 생각만으로도 가슴 벅찬/우연히 마주치고 싶은 사람 //

그런 사람 / 하나 있습니다 //

당신에게도 / 내가 그런 사람이면 / 얼마나 좋을까 하는. //

〈가을 편지〉

우리 / 다 같이 늙어진 어느 훗날에 //

그대를 / 나의 누구라고 말할까 //

나를 누구라고 / 그대는 말할까 //

옛날 / 그 옛날에/사람이 하나 있었더니라 //

이야기 하자면 / 가슴 먹먹해지는 //

그냥 사람 하나 있었더니라. //

〈어느 훗날에〉

그녀에게는 풍성한 수확의 가을의 들녘이 숨어 있기도
하고, 조금은 쌀쌀한 바람 머금은 높고 맑은 가을 하늘이
보이는가 하면, 타오를 듯 열정적인 단풍 가득한 가을 산
의 축제도 들어 있다. 봄부터 그렇게 울던 소쩍새와 천둥
소리 함께 녹아 꽃피운 눈물겨운 국화 향기도 그녀에게는
스며 있다.

참다 죽으면 /끝 //

살아 한 번 더 / 눈 맞추고 싶어 //

평생 / 사랑을 연모한 나머지 //

온 산을 태우고도 / 마그마로 넘친 //

파란만장한 / 피의 조류 //

꽃이 아니면 / 아무 것도 아닐래요. //

〈진달래꽃〉

꽃집에 갑니다 //

장대비 오는 날에도 / 눈보라 치는 날에도 //

계절 없이 하냥 국화를 삽니다 / 나는 철없이 국화를 좋아합니다 //

나는 당신에게 국화를 주고 싶습니다. //

〈국화가 좋아서〉

　뿐만 아니라 물안개 그윽한 이른 새벽 폭넓게 흐르는 금강처럼 당당하고도 올곧은 그녀의 가슴 속에 숨어 있는 진리의 여울은 차라리 존경스럽다. 언제나 푸르게 깨어 있는 이성理性의 그녀는 자주 그녀를 괴롭히는 육신의 아픔마저도 수학 공식처럼 풀어버리는 것 같아 맘 짜안하게 기특하기도 하다. 마치 여름의 눅눅함과 끈적임이 어디론가 사라지고 저 멀리 한껏 높아진 새털구름 품에 안고 흐르는 알맞게 차가운 가을날의 강물을 들여다보는 것 같다.

눈감고 달렸다 / 미련해서 죽든 말든 / 끝까지 가보고 싶었다 //
쓸쓸한 자 / 더욱 쓸쓸하게 / 버려뒀다 / 팽개치고 떠났다 //
죽는 순간 / 힘없이 손이 아래로 떨어질 때 / 그 때조차 울지 않
을 것 / 울지 마라 //
강물이 흘러가듯 / 한쪽으로 흐르는 날 / 막을 수도 / 잡을 수도
없었으니 //
마음대로 / 마음대로 //
너도 / 하느님도 / 당신들 마음대로 벌 하시게. //

〈마음대로〉

면역성이 다 없어졌대요 / 처음 태어난 아기 같대요 / 감기로도
죽을 수도 있다네요 / 약을 먹을 수도 없고/음식도 무엇이 독이
될지 모른대요 //
조심 / 또 조심하라네요//
차라리 이참에 마음도 / 면역성이 없어졌으면 좋겠어요 / 너무
두꺼워졌어요 / 얇은 내 맘만 갖고 / 남은 시간 처음처럼 살고
싶네요 //
하라는 대로 할게요 / 먹는 것도 사는 것도 / 순하게 조심조심 //
몸도 마음도 여위고 여위어서 / 새털처럼 가볍게 날아가고파. //

〈가볍게〉

아, 정말 강인한 그녀에게서는 청명한 가을날 긴 둑 갈
대숲 너머의 깊은 강이 흐른다. 강은 깊을수록 조용히 흐
르는 법! 그녀 역시 모든 일에 조용히 있는 힘을 다해 이
루어내는 지나치세 성실한 사람이다. 아마도 그래서 그녀
는 스스로 '가을강'이고자 하는지도 모르겠다.

죽을 만큼 몸이 아파도 / 참아내고 살고 싶게 만드는 한 사람이
있다면 / 괜찮다//

생후 단 한 번도 그런 사람 없어 / 고독이 병균처럼 번식한 가슴
속에 / 슬픔과 회한만이 가득하다면 //

얼마 남지 않은 시간의 사랑법은 / 기다리지 말고 / 먼저 그가
되는 것 //

동굴 같은 고독을 털어내고 / 그가 얼굴을 파묻고 쉴 수 있는 /
따뜻한 가슴이 되는 것 //

내가 먼저 그의 눈 속 슬픔을 / 애타도록 사랑하는 것이다. //

〈남은 시간의 사랑법〉

　아름다운 금강의 마을, 강경에서 자란 나는 마음속에
강 한 줄기 품고 살아가는데 언제부터인가 또 하나의 강
이 들어왔다. 경이롭고 오묘한 가을 머금은 채 흐르고 흘
러 영혼까지도 정화시켜 줄 차갑고도 뜨거운 지음知音
'가을강' 그녀이다. 그 가을의 깊은 강 오래 오래 건강하
게 흘러가기를, 그래서 소중한 이들의 눈 녹은 가슴마다
새 봄의 꽃밭 가꿀 수 있도록.

미래시선 144
나르시스

지은이 · 박미용
펴낸이 · 임종대
펴낸곳 · 미래문화사

찍은 날 · 2008년 10월 28일
펴낸 날 · 2008년 11월 3일

등록 번호 · 제3-44호
등록 일자 · 1976년 10월 19일
주소 · 서울시 용산구 효창동 5-421
전화 · 715-4507 / 713-6647
팩시밀리 · 713-4805
E-mail · miraebooks@korea.com
          mirae715@hanmail.net

ⓒ2003, 미래문화사
ISBN 89-7299-360-3 03810

정가 · 7000원